Hitorijime my heRo

Hana COLLECTION

# Hitorijime my hero

Memeco Arii

# Hitorijime My Hero 4



Hana COLLECTION

www.boys-loves.fr

Responsable Editorial & Production : Tony
Traduit du japonais par Spanozi
Relecture : Aurélie Valognes

Dépot légal : Mars 2021
ISBN 978-2-38276-012-3
ISSN 2743-4435

Imprimé par GZ Digital Media as

*Ce n'était qu'un rêve.... Par Shigeo.

*NDT : jeu de mot avec le mot « otome » qui renvoie à l'image d'une jeune fille pure.
**NDT : le kabedon consiste à poser sa main contre un mur et de regarder dans les yeux celui/celle que l'on a devant soi.

Merci à tous ceux qui ont permis la publication de ce tome !!

C'est une sorte de parc dans lequel les chiens peuvent se promener librement, sans laisse.
Je l'ai emmené l'autre jour à Dog Land afin qu'il se sociabilise et s'habitue avec les autres chiens.
Par-tout !!
Des chiens, des chiens !
Salon des Toiletteurs Doll Doll
Entrée à 450m
OUAF
BRR
BRR
Il est si peureux qu'il faut le voir pour le croire...
Même les photos l'effraient.
Deux chiens se sont mis rapidement l'un sur l'autre et ont attiré toute l'attention du parc.
Où est donc mon chien ?
OUAF
OUAF
OUAF
Euh... Et... Je...
Euh...
Sérieux ? J'en suis !!
Il parait qu'elle fait une fête pour son anniv' !
Ça m'a rappelé quelques souvenirs...
OUAF OUAF
GRR
......
Laissé à l'écart.

# LE MOT DE L'AUTEURE

*NDT : surveste traditionnelle japonaise

OH BAH NON...
ELLE EST DÉJÀ MARIÉE...
Je crois bien...
Qu'il n'y a rien de plus triste...
TIENS ? TU N'AS PAS L'AIR MOTIVÉE AUJOURD'HUI.
SI, SI...
C'EST JUSTE QUE...
J'AI L'IMPRESSION QUE MON CŒUR EST VIDE. C'EST TOUT.
MAIS ÇA PASSERA...
TON CŒUR ? ET TA POITRINE AUSSI S'EST DÉGONFLÉE, NON ? TU T'ES GOURÉE DE SOUTIF CE MATIN ?
Que de laisser l'apparence nous mener par le bout du nez.
CONTACTS
HÔJÔ Ayaka
SÛREMENT, OUI...

QUAND J'ÉTAIS ÉTUDIANTE, JE PASSAIS MON TEMPS À POTASSER MES COURS.
JE NE PARLAIS PAS AUX AUTRES FILLES. ENCORE MOINS AUX FILLES STYLÉES COMME TOI.
J'EN RÊVAIS, POURTANT.
DRIIING
AH !
EXCUSE-MOI.
OUI ? EH BIEN ?
DANS L'ÉVIER ?
JE NE L'AI PAS JETÉ. J'AI DÛ LE METTRE LÀ PAR ERREUR QUAND J'AI PRIS MON BAIN.
LAISSE-LE OÙ TU L'AS TROUVÉ, TU VEUX ?

ÇA ME FAIT PLAISIR.
Elle...
Elle ne m'en veut pas ?!
QU'EST-CE QUE JE DOIS FAIRE MAINTENANT ?!
COMMENT UNE FILLE PEUT EN AIMER UNE AUTRE ?
TU SAIS...
JE N'AI PAS VRAIMENT D'AMIE FILLE.
EN VÉRITÉ, JE CROIS MÊME QUE JE N'EN AI JAMAIS EUE.

EST-CE QU'ON... NE POURRAIT PAS ÊTRE AMIES AU MOINS ?
VOUS... VOUS N'Y ÊTES PAS !
C'EST VOUS QUE J'AIME !
OUPS ! MAIS JE DÉBLOQUE COMPLÈTE-MENT, MOI !
ENFIN... JE SUIS SINCÈRE QUAND JE DIS QUE JE L'AIME.
BOUM
BOUM
BOUM
BOUM
BOUM
BOUM
Attends. Quoi ? Je... Je l'aime ?
Mais... C'est possible ?
Je veux dire...

EXCUSEZ-MOI MAIS...
Elle représente tout ce que je voudrais être.
JE... JE CROIS QUE JE SUIS AMOUREUSE.
J'ai envie qu'elle reste. J'ai envie de lui parler.
AH...
EH BIEN, JE LUI PASSERAI LE MESSAGE.
JE LUI DIRAI À QUEL POINT TU ES MIGNONNE.
HÉHÉ
NON...

OUPS, PARDON.
J'ÉTAIS PERDUE DANS MES PENSÉES.
ELLE EST SI BELLE...
VOUS... VOULIEZ CONNAÎTRE MON AVIS...
AH, OUI.
CE N'EST RIEN. ELLE VOULAIT JUSTE SE DÉBARRASSER DE MOI, C'EST TOUT.
HEIN
C'EST VRAI ?!
HO HO
ELLE TIENT BIEN SA BOUTIQUE, MAIS ELLE NE SEMBLE PAS ME PORTER DANS SON CŒUR.
ELLE NE VOULAIT PAS PERDRE SON TEMPS AVEC MOI.
Elle m'a pourtant semblé si élégante et si polie...
BREF, DÉSOLÉE DE T'AVOIR EMBARQUÉE LÀ-DEDANS.
JE DIRAIS À MON FRÈRE QUE TU ES UNE CHIC FILLE.
CLAC
EUH...
SES SEINS... ILS SONT SI GROS... SI...
DU CALME !
Je dois penser à autre chose. Qu'est-ce que je dois dire ?!
JE...

VOUS POUVEZ COMPTER SUR MOI !
EH BIEN...
SUIS-MOI, ALORS.
Si on me l'avait dit...
Je ne l'aurais pas cru...
.....
UN ANGE PASSE...
しーん…
.....
EUH...

EUH... ON SE CONNAIT ?
JE...
HOP
JE SUIS DÉSOLÉE DE VOUS INTERROMPRE.
JE... JE SUIS DANS LA MÊME CLASSE QUE VOTRE PETIT FRÈRE. JE M'APPELLE MATSUZAWA.
JE VOUS AI DÉJÀ APERÇUE À LA SORTIE DU LYCÉE.
AH D'ACCORD, JE VOIS...
VOUS AVEZ VOS FANS, ON DIRAIT.
ÊTRE JOLIE C'EST UN VRAI PRIVILÈGE.... ET SI VOUS EN PROFITIEZ POUR DEMANDER À CETTE JEUNE FILLE SON OPINION SUR CE DONT NOUS PARLIONS ?
AH...
MAIS...
Je vais pouvoir lui parler.
BIEN VOLONTIERS !!
C'est une vraie chance que voilà !!

PARDONNEZ-MOI. C'EST JUSTE QUE DES CLIENTES ONT EU... CE RESSENTI ET JE VOUS LE PARTAGE, C'EST TOUT.
EUH, D'ACCORD MAIS SI J'AI ÉTÉ ENVOYÉE ICI...
C'EST POUR VOIR CE QUI PEUT ÊTRE AMÉLIORÉ DANS CE MAGASIN.
SI VOUS VOULEZ AMÉLIORER QUELQUE CHOSE, AMÉLIOREZ CES PRODUITS.
OUI, C'EST PRÉVU AUSSI, BIEN SÛR.
TIENS...
Mais c'est elle...
MADEMOISELLE !!
.....
MADEMOISELLE ?
VOUS... VOUS CONNAISSEZ CETTE JEUNE FILLE ?
JE... JE NE CROIS PAS.
Oh... Zut !!!

CLIC
カチ
J'AI ENCORE LE CONTOUR DE MES YEUX TOUT IRRITÉ PAR MON MAQUILLAGE.
ET JE SUIS RESTÉE DEBOUT TROP LONGTEMPS AU TRAVAIL. J'AI LES JAMBES ENFLÉES. ÇA CRAINT !
PFF
Je me demande bien quelle va être ma vie...
Sûrement quelque chose d'incroyable. De plus surprenant que tout ce à quoi je pourrais m'attendre.
La reverrai-je un jour ?
AH !
VOILÀ CE QU'IL ME FALLAIT !
HUM... MÊME SI CE SOUTIF FAIT CE QUE J'ATTENDS DE LUI...
IL N'EST PAS TRÈS ÉLÉGANT, NI DANS SON DESIGN, NI DANS SON PRIX.
BIEN TROP REMBOURRÉ
HUM ?
MAIS ON M'A DIT QUE ÇA ME VIEILLISSAIT !!

JE VOIS... IL SUFFIT JUSTE D'AVOIR UN JOLI VISAGE ALORS...
EH, RYÔKO, ATTENDS !!
Incroyable...
UNE PEAU DE PORCELAINE, SANS AUCUNE TACHE.
UN NEZ DROIT ET UNE BELLE STATURE.
IQSA
AREE
Body Milk
MÊME SI JE PEUX GÉRER MON POIDS...
JE NE PEUX RIEN FAIRE CONCERNANT LA TEXTURE DE MA PEAU ET MA COLONNE VERTÉBRALE.
42.9
Ceux qui sont beaux, naissent différemment.
BREF, POUR L'INSTANT...
FIOU
IL FAUT QUE JE ME TROUVE UN SOUTIF AVEC DES COUSSINETS PLUS REMBOURRÉS.

Comme si ce qui est beau, n'était pas puissant ici-bas...
OUAH ! VOUS AVEZ VU ? ELLE EST TROP BELLE.
CLAIR.
C'EST LA SŒUR DU PRINCE DES BG DE NOTRE CLASSE.
ELLE LUI RESSEMBLE EN PLUS !! C'EST FOU, LA GÉNÉTIQUE !
EUH...
MONIKA... ?!

C'EST AFFREUX ...
PARMI LES GARÇONS DE NOTRE CLASSE, IL N'Y EN A PAS UN POUR RATTRAPER L'AUTRE.
ET TOUS LES BEAUX GOSSES SONT DÉJÀ PRIS EN PLUS.
ON POURRAIT PEUT-ÊTRE CHERCHER UN MEC BIEN AU-DELÀ DU PHYSIQUE.
UN MEC QUI NOUS PRO-TÈGERAIT... ET DÉPENSE-RAIT POUR NOUS.
Pff. Si tu te maries avec ce genre de gars, ce sont tes gosses qui risquent d'en souffrir à terme.
Tu prends ça trop à cœur !!
Comme si j'avais le choix.
MONIKA, TU METS LA BARRE TROP HAUTE. RELAX !
Comme si...
Les gens n'aimaient pas ce qui est beau...

EH !! MATSUZAWA !!
C'EST QUOI CES LENTILLES DE COULEUR ?!
ET TU T'ES MAQUILLÉE PAR-DESSUS LE MARCHÉ ?! TU ES ENCORE JEUNE. INUTILE DE TE PLÂTRER LA FACE COMME ÇA !
ET ZUT...
BAH QU'EST-CE QUE TU CROIS ?!
HOP
COMME SI L'APPARENCE NE COMPTAIT PAS !!
PFF. CE GOZUDA EST BIEN TROP COLLANT.
BIEN JOUÉ EN TOUT CAS, MONIKA.
TU NE LÂCHES RIEN. À TOUJOURS EN REMETTRE UNE COUCHE.

HITORIJIME
MY FAIR
LADY

Depuis que je suis petite,
J'ai toujours été considérée comme...
Le laideron de la famille.
Je sais que mes oncles et mes tantes ne pensaient pas à mal,
Mais ils me comparaient toujours aux autres enfants,
Et à chaque fois, je détestais cela.
Je m'étais promise qu'un fois adulte, je gagnerai assez d'argen pour m'acheter plein de cosmétiques
Pour porter des vêtements que j'aurais moi-même choisis, et devenir ainsi plus mignonne que je ne l'étais réellement.
Même si je savais que jamais je ne parviendrai à devenir réellement belle.

À partir de la prochaine page, vous trouverez une histoire concernant Matsuzawa et la sœur de Hasekura, Ayaka, que j'ai dessinée pour Yurihime. Ça m'a surprise parce que l'idée de cette histoire est issue d'une trame que j'avais rapidement gribouillée sur un coin de table...

Je remercie toutes les personnes grâce auxquelles j'ai pu glisser cette petite histoire dans un véritable manga. Merci beaucoup !!

# Hitorijime My Hero

Memeco Arii

C'était sa famille. Et lui était là également.
OH...
IL M'A L'AIR BIEN HEUREUX.
PEUT-ÊTRE QUE ÇA A MARCHÉ FINALEMENT.
PROFESSEUR ŌSHIBA ! JE NE COMPRENDS PAS CETTE PARTIE.
VRAIMENT ? MAIS JE VIENS DE L'EXPLIQUER !
DÉSOLÉ. LE SPORT M'A FATIGUÉ LE CERVEAU.
Eh ?! Oh non !
KYAHAHA
DEMANDE À QUELQU'UN D'AUTRE, ITOH !
MON FRÈRE A ENFIN RÉUSSI À SE REPOSER HIER SOIR, ON DIRAIT.
TOI AUSSI, NON ?
Morphée ne m'a pas lâché !
EUH, OUI. HAHA...
.....
JE RIGOLE.
?
Au fait. Vous avez mangé quoi hier ?
Des biscuits !

*NDT : la fameuse « nabe » japo

JE N'AI PAS ENVIE D'ALLER À L'ÉCOLE DEMAIN...
ALLONS. REPRENDS-TOI ! SOIS SÉRIEUX !
TU AS DES COURS À GÉRER, JE TE SIGNALE. N'OUBLIE PAS TON BOULOT !!
IL FAUT QUE J'AILLE DÉPIAUTER LE POISSON, MOI... ET PRÉPARER L'ASSAISONNEMENT...
.....
ATTENDS...
RESTE ENCORE UN PEU...
PSHAH

J'AI COMPRIS. JE VAIS TE BORDER.
NON ! IL FAUT QUE TU AILLES TRAVAILLER, KÔSUKE.
J'entends quelque chose. Ça parle en-haut.
BROUHAHA
OUI, TU AS RAISON !!
Ne m'écrase pas, tu veux !
OUI ?
EUH... ET TU COMPTES RESTER COMME ÇA ENCORE LONGTEMPS ? TU NE VAS PAS ARRIVER À AVANCER !
MAIS SI, MAIS SI !
TU ES PROF, JE TE RAPPELLE. TU FERAIS MIEUX DE FAIRE ÇA SÉRIEUSEMENT.
JE SUIS CAPABLE DE TRAVAILLER DANS N'IMPORTE QUELLE POSITION.
EUH... VRAIMENT ?
MAIS OUI. ALLEZ, RAPPROCHE-TOI OU TU VAS ENCORE T'ENDORMIR ET CAUCHEMARDER.
PFF... J'AI PERDU UNE OCCASION DE ME TAIRE, MOI...

MASAHIRO…
CE N'EST RIEN.
NON. QUAND TU DIS ÇA, GÉNÉRALEMENT, ÇA VEUT DIRE QUE TU AS QUELQUE CHOSE.
ET DONC QUE…
OUAH !
GUH
Qu'est-ce que tu fais sur moi ?! Masahiro !
C'EST…
GUH
GUH
Pour te muscler les pectoraux !!
EH BIEN ? QU'EST-CE QU'IL T'ARRIVE ? TU AS FAIT UN CAUCHEMAR ? UN MAUVAIS RÊVE ?
BRR
MAIS NON ! N'IMPORTE QUOI ! RIEN DE TOUT ÇA !
AH, TE VOICI !
OUPS

Ah...
HUM ?
KEUH
OH MINCE ! IL FAIT DÉJÀ NUIT !!
ZISH
JE DOIS COMPILER ÇA ET ÇA, PUIS RÉDIGER ÇA... ET AVANT DEMAIN MATIN !! FAUT QUE JE ME GROUILLE.
ALLEZ !
GUH
HUM ?
......

AH !
はっ
Il est déjà cette heure...
22:05..
Kôsuke !!
Il est temps de se réveiller !
Tu m'entends, dis ?!
HOP
PSCHII...

Je n'aime pas ça...
ガチャーン！！
CLIING
Non mais oh !! Inutile de tout casser !!
Ferme-la !
Tu as encore vu le père de ton gamin, avoue ?!
Je te dis que non !
Mais on est en quelle année là ? C'est fou.
Tu mens !
Arrête !
J'avais l'habitude de couvrir mes oreilles chaque fois qu'ils se disputaient et de me réfugier sous ma couette.
J'ai hâte de me réveiller et que tout ça soit fini.
Tu m'en-tends ?!
Tu dors, sale gosse ?!
Je vais te fracasser, je te jure !!

HOU
HOU
UH
UH
SETAGAWA EN MET DU TEMPS POUR REVENIR.
BRR
BRR
GRAVE. J'AI TROP FAIM...
On ne peut pas manger tout de suite...
J'ai la dalle...
Tiens ? Je suis chez moi.
C'est crado. Je fais le ménage pourtant.
Ah mais oui. C'est un rêve.
J'ai dû finir par m'endormir aussi.

KÔSUKE, TU... TU AS LES MAINS MOITES.
AH OUI ? SÛREMENT PARCE QUE J'AI SOMMEIL.
SI TU N'AS PAS L'ATTENTION DE DORMIR AVEC MOI, ALORS VIENS ME RÉVEILLER DANS DEUX HEURES...
IL NE FAUDRAIT PAS QUE JE DORME TROP...
OUAH
JE VAIS DEVOIR TRAVAILLER CE SOIR...
.....
ZUSH
OH NON...
IL VA FALLOIR QUE JE RESTE AINSI PENDANT 2 HEURES ?!

PSCHAH
OUAH ?!
ET VOICI MA PETITE BOUILLOTTE PERSONNELLE !!
ROH... !!
NE FAIS PAS L'ENFANT, TU VEUX ?!
TU ES CREVÉ AUSSI. JE LE SAIS ET JE LE SENS. RESTE DONC AVEC MOI !
HORS DE QUESTION !
SI JE ME GLISSE DANS TON FUTON ET QUE TA MÈRE NOUS SURPREND, QU'EST-CE QUE TU COMPTES FAIRE ?
JE LUI DIRAIS QUE J'AVAIS FROID.
T'es bête ou quoi ?!
TU PEUX AUSSI ME FAIRE DES PETITES CHOSES SALACES PENDANT QUE JE DORS. ÇA NE ME DÉRANGE PAS.
HEIN ?! MAIS TU RÊVES ÉVEILLÉ MA PAROLE !
JE N'Y CROIS PAS, IL EXAGÈRE...
GYUH

JE PASSE MON TEMPS À LE PERDRE EN RÉUNIONS, AVANT DE TRAVAILLER D'ARRACHE-PIED LE PROGRAMME ET À BIEN ACCOMPAGNER CHAQUE ÉLÈVE. ET POURTANT...
ILS SONT TOUS LÀ À ME SERINER QUE LES MATHS NE LEUR SERVIRONT À RIEN, UNE FOIS LE LYCÉE FINI. ÇA ME DÉPRIME...
OUPS... IL A L'AIR SÉRIEUSE-MENT DÉPRIMÉ.
BREF... J'AI JUSTE ENVIE DE DORMIR ET DE NE RIEN FAIRE.
TU VEUX CONTINUER DE ROUPILLER ?!
AVEC TOI !!
がっちょん
TSCHAC
HEIN ?
NON MAIS ÇA NE VA PAS ?! JE DOIS ENCORE FAIRE LE MÉNAGE ET M'OCCUPER DES PRÉPARATIFS POUR LE REPAS DE CE SOIR !
TAP TAP TAP TAP TAP TAP TAP
JUSTE UN PETIT PEU, QUOI...

JE N'AI JUSTE PAS ENVIE...
DE TRAVAILLER.
C'EST...
C'EST QUE...
EUH...
TU NE PEUX PAS TE CONDUIRE COMME ÇA. TU NOUS AS DIT QUE TU DEVAIS PRÉPARER LE PLAN DU COURS DE DEMAIN, ET PUIS SURTOUT LES QUESTIONS DE L'INTERRO-SURPRISE.
ET IL EST DÉJÀ TARD, TU SAIS ?
RAAH...
ÇA VOUS ARRANGE, NON ? SI JE NE TRAVAILLE PAS, NON SEULEMENT VOUS N'AUREZ PAS D'INTERRO ET EN PLUS, LE CONTENU DU COURS SERA PLUS LÉGER.
POURQUOI TE MONTRES-TU DONC SI GÉNÉREUX D'UN COUP ?

TOC
TOC
KÔSUKE ?
J'ENTRE !
FIOU
!
KÔSUKE !!
EST… EST-CE QUE ÇA VA ?!
TU… TU ES MALADE ?!
FIOU
TU ES MORT ?!
Mort

*NDT : parodie de Donkey Kong

QU'EST-CE QU'IL SE PASSE...
IL FAIT DÉJÀ SOMBRE DEHORS, ET KÔSUKE N'A PAS MIS LE PIED EN DEHORS DE SA CHAMBRE DE TOUTE LA JOURNÉE.
ZISH
ZISH
ZISH
JE DEVRAIS PEUT-ÊTRE ALLER VOIR CE QU'IL A. MAIS IL M'A DIT QU'IL AVAIT PAS MAL DE PAIN SUR LA PLANCHE AUJOURD'HUI.
ENFIN HIER, IL M'A SEMBLÉ PLUS FATIGUÉ QUE D'HABITUDE...
PFF
ZISH
SETAGAWA, SI TU CONTINUES DE LA FROTTER COMME ÇA, SHIGEO NE VA BIENTÔT PLUS AVOIR UN POIL SUR LE DOS.
HEIN ? AH ! PARDON MON PETIT TOUTOU !
OUAF !

MARY (femelle) ( ♂ )

Ancien matou dont le nom et l'apparence avaient servi à représenter un débit de boisson. En vérité, il s'agit du troisième chat à être appelé ainsi.

# Hitorijime My Hero

Memeco Arii

Aimer quelqu'un...
RENTRONS.
C'est l'enfer.
KÔSUKE !

HAN
HAN
Oui.
C'est toi qui as raison, Hasekura...
MASAHIRO ?

TAP
TAP
Ce sentiment si pur...
RELAX BAR
MARY
Puisse rester le même...
CLAC

Je ne suis pas aussi beau que Hasekura.
INUTILE DE FAIRE À MANGER POUR MOI CE SOIR. JE DORS AILLEURS.
Et je n'ai pas...
HEIN ? KÔSUKE EST SORTI AUSSI ?
Autant de charme qu'Ôshiba.
IL EST SORTI PRENDRE UN VERRE.
VOUS N'AUREZ QU'À COMMANDER DES BONS SUSHIS. BONNE NUIT À VOUS !
Je ne sais que trop quelle est mon apparence.
FIOU
Je sais aussi que je suis un homme.
Si seulement, il pouvait faire que le sentiment qui m'habite...
MASAHIRO ? TU VAS OÙ ?
CLAC
EH ! MASAHIRO !!

« NON SANS AVOIR PRIS LE TEMPS DE ME SOIGNER AVANT. »
ÇA A DÛ ÊTRE SI DUR POUR LUI. IL A DÛ TELLEMENT EN SOUFFRIR...
ET MOI, JE... JE NE L'AI PAS COMPRIS...
Je ne voulais pas...
Que tu l'apprennes...
ALLO ? MAMAN ?

ELLE N'ÉTAIT PAS EN TRAIN DE DISCUTER AVEC LES CLIENTS. ELLE TRAVAILLAIT DANS LA CUISINE.
PARCE QU'ELLE ÉTAIT BLESSÉE AU VISAGE.
QUAND JE LUI AI DEMANDÉ CE QU'IL S'ÉTAIT PASSÉ, ELLE M'A RÉPONDU...
« Je ne voulais pas effrayer les clients en apparaissant avec une marque au visage. »
« Même si ce n'est rien de grave. »
« J'AI VOULU PRENDRE LA BAGUE QUI SE TROUVAIT DANS LE PORTE-FEUILLE DE MON FILS. »
« MAIS IL ME L'A ARRACHÉE DES MAINS. »
« JE NE L'AVAIS JAMAIS VU AUSSI ÉNERVÉ. »
« QUAND IL A VU QU'IL M'AVAIT BLESSÉE INVOLONTAIREMENT... »
« IL A FILÉ SANS PRENDRE LE MOINDRE BAGAGE ET EN N'ARRÊTANT PAS DE S'EXCUSER... »

QU'EST-CE QU'IL S'EST PASSÉ ?
.....
10 ANS.
HUM ?
ÇA FAIT 10 ANS QUE JE JOUE LE RÔLE DE CONFI-DENT DE MES CLIENTS. 10 ANS QU'ILS ME PARTAGENT LEURS SECRETS.
DES SECRETS QUE JE DOIS EM-PORTER DANS LA TOMBE SOIT-DI-SANT. JE NE SUIS PAS CROQUE-MORT, MOI !
AHAH, C'EST VRAI QUE TU DOIS EN AVOIR ENTENDU PAS MAL, TOI !
MAIS TU NE T'ES JAMAIS OUVERT. TU NE M'AS JAMAIS RIEN DIT.
JE SUIS ALLÉ…
DANS LE SNACK DE SA MÈRE.

VLAN
TU PRENDRAS COMME D'HABITUDE ?
NATSUO...
JE SUIS DÉSOLÉ.
DE QUOI ?
TU N'ES PLUS LE MÊME QU'HIER, ON DIRAIT.

IL A VU QUE JE NE PORTAIS PAS SA BAGUE AUTOUR DE MON COU.
ET IL N'A RIEN DIT.
J'imagine...
Qu'il doit...
OUAIS, C'EST BON ! IL EST QUASI D'ACCORD !
EUH, QUASI ? TU MENS !!
Être au courant.
CLANG
CLING

POURQUOI EST-CE QU'IL S'AMÈNE TOUJOURS POUR PAS GRAND-CHOSE ?
CE N'EST RIEN. IL EST JUSTE INQUIET, C'EST TOUT.
TU N'AS QU'À VENIR CHEZ HASEKURA CE SOIR ?
TU PENSES QU'IL SERA D'ACCORD ?
IL A ÉTÉ PLUS SOCIABLE CES DERNIERS TEMPS. JE SUIS SÛR QU'IL SERA D'ACCORD.
OUI. SÛREMENT.
SÛREMENT ?
JE VAIS LUI TÉLÉPHONER !

KÔSUKE...
C'EST TOI...
OUI.
EUH...
DÉSOLÉ POUR HIER... JE SAIS QUE J'AURAIS DÛ TE PRÉVENIR...
ET TE TÉLÉPHONER.
ÇA VA.
J'ÉTAIS SEULEMENT VENU TE VOIR.
ÇA VA ?
BON COURAGE POUR LES COURS.

CE QUE JE NE FERAI JAMAIS, ÉVIDEMMENT !
LEVER LA MAIN SUR SES PARENTS… JE NE PEUX MÊME PAS L'IMAGINER. C'EST AFFREUX.
QU'EST-CE QU'IL Y A MASAHIRO ?
OUI, C'EST VRAI…
MASAHIRO !
FIOU
……
TU ES VENU, ALORS !

*NDT : ville de Hokkaidô

Pourquoi n'ai-je pas pu...
Être heureux plus longtemps ?
Snack Mandrake MEGUMI
PUTAIN...
DE QUOI ?!
HEIN ?
QUOI ?!
!?
VOUS... VOUS... VOUS AVEZ DORMI ENSEMBLE CHEZ HASEKURA ?
JUSTE... VOUS TROIS ?!
BRR
ON N'A PAS EU LE CHOIX.

TU N'AS QU'À DORMIR DANS LE LIT.
HANJUKU
JE NE ME SENS PAS CAPABLE DE M'ENDORMIR AVEC KENSUKE À CÔTÉ DE MOI.
POUF
Un enfer...
Dire qu'il y a quelques temps...
Nous savourions la paix et le plaisir...

HEUREUSEMENT QU'ÔSHIBA A PARLÉ À MA PLACE TOUT À L'HEURE.
LES MOTS NE ME VENAIENT PAS. J'ÉTAIS INCAPABLE DE PARLER.
ZZZZ
OUI. JE TE COMPRENDS.
ON VIT UN VÉRITABLE ENFER, QUAND ON TOMBE AMOUREUX DE QUELQU'UN...
TAP
TAP
HASE...
OUAH !
TOC

TU AS DÉJÀ ÉTÉ EFFRAYÉ PAR LE FAIT...
D'AIMER ÔSHIBA ?
LA JALOUSIE T'A-T-ELLE DÉJÀ PRIS À LA GORGE ?
AS-TU DÉJÀ EU ENVIE DE MOURIR POUR DES FUTILITÉS ?
ÇA T'EST DÉJÀ ARRIVÉ DE VOIR ROUGE EN PERDANT LE SENS DE LA MESURE ?
ÇA M'EST ARRIVÉ HIER SOIR.
J'AI EU PEUR. J'AI ÉTÉ TERRIFIÉ.

JE NE MENS PAS.
MA MÈRE S'EST VRAIMENT ENTICHÉE D'ESCORTS QUI LUI ONT PRIS SON FRIC.
JE VOIS.
PIP
HANJUKU
VRR
VRR
HASEKURA...
EST-CE QUE...

ZZZ
HASEKURA... EUH... JE SUIS DÉSOLÉ MAIS... J'AI LA CHAIR DE POULE...
.....
ALLEZ. PUISQU'IL LE FAUT, DORMONS.
HEIN...
ZISH
ATTENDS QUELQUES MINUTES ET JE VAIS FILER EN DOUCE...
J'ESPÈRE BIEN. SI TU NE VEUX PAS QUE JE TE BUTE.
HEIN ?!
EUH... ME BUTER ? TU... TU Y VAS UN PEU FORT LÀ...
AU FAIT.
TU POURRAIS ARRÊTER DE NOUS MENTIR ?

EUH... OUI. SÛREMENT.
COOL ! TANT MIEUX !
PUISQUE C'EST UNE AFFAIRE RÉGLÉE, ALLONS AU LIT MAINTENANT !
CLANG
TAP
EH, MAIS ATT...
ZISH
ZISH
ATTENDS, KENSUKE !
BONNE NUIT LES GARS !
HANJU
HOP
...!!
EUH... ÔSHIBA ? NON, IL NE VAUT MIEUX PAS.
EN PREMIÈRE HEURE DEMAIN, ON A SPORT.
IL VAUT MIEUX SE REPOSER ET ÊTRE FRAIS.
HANJUKU
ZZZZ
......
IL N'EST PAS SÉRIEUX ?!
HANJUKU

JE ME DEMANDE SI MON FRÈRE VA RESTER EN RETRAIT ET SI CES EXPLICATIONS VONT LUI SUFFIRE.
ÇA IRA. ET PUIS SETAGAWA LUI EXPLIQUERA TOUT ÇA DE LUI-MÊME.
HASEKURA, MERCI D'AVOIR BIEN VOULU QUE JE PRENNE UN BAIN.
AH, LE VOILÀ.
HANJUKU
ET MERCI À TOI, ÔSHIBA, POUR LES FRINGUES DE RECHANGE. MÊME SI CE N'EST PAS VRAIMENT MA TAILLE...
CE N'EST RIEN. CE SONT DES HABITS QUE J'AVAIS LAISSÉS UN SOIR CHEZ HASEKURA.
Même si je ne viens pas souvent chez lui.
...
CHAQUE FOIS QUE J'EN LAISSE, J'AI PEUR QU'ILS FINISSENT PAR PUER EN VÉRITÉ.
HAHA...
ET DONC ?
TU PENSES POUVOIR ALLER À L'ÉCOLE DEMAIN ?

Je préfèrerais pouvoir être en mesure de vous contacter, au cas où.
Ah d'accord. Alors voici l'adresse...
JE ME FOUS BIEN DE SAVOIR CE QUI PEUT M'ARRIVER.
JE SUIS PRÊT À TOUT POUR LUI.

BAM
CLANG
CLANG
GRAT
GRAT
GRAT
ÇA NE LUI APPORTERA RIEN DE SE METTRE EN COLÈRE...
IL DEVRAIT REGARDER LA RÉALITÉ EN FACE.
MIAOU
JE N'AI PAS ENVIE...
QUE TU TE PERDES DANS UN MONDE COMME CELUI-LÀ.
SNACK
Mandrake

MAIS CETTE FOIS, TU NE LE SAUVERAS PAS.
COMMENT PEUX-TU EN ÊTRE SI SÛR ?
N'IMPORTE QUEL ADULTE UN TANT SOIT PEU SENSÉ TE DONNERAIT LA MÊME RÉPONSE.
CE CAS EST BEAUCOUP TROP COMPLIQUÉ.
ET PUIS, CE GENRE DE GARÇON...
BAM
KÔSUKE !
JE NE ME SUIS PAS MIS AVEC LUI POUR ARRÊTER À LA PREMIÈRE DIFFICULTÉ. JE SUIS PLUS RÉSOLU QUE ÇA.

TU NE DEVRAIS PAS CONTINUER.
KÔSUKE.
QU... QU'EST-CE QUE TU AS DIT ?
QUE TU DEVRAIS ARRÊTER DE LE VOIR.
VOILÀ CE QUE J'AI DIT.
C'EST TOUJOURS LA MÊME CHOSE.
QUE CE SOIT AVEC AYAKA OU BIEN AVEC HÔJÔ.
ET TU T'ES CONDUIT COMME ÇA AUSSI AVEC MOI.
TU CHERCHES TOUJOURS À AIDER LES GENS QUI SE TROUVENT AU-TOUR DE TOI.
ET TU NE LES LÂCHES PAS TANT QUE TU N'AS PAS RÉGLÉ LEURS PROBLÈMES.

BIIIP
BIIIP
BIIIP
NATSUO...
QUOI ?
EST-CE QUE TU PENSES QUE JE NE SUIS PAS QUELQU'UN SUR QUI ON PEUT COMPTER ?
EUH, EH BIEN...
PEUT-ÊTRE MOINS QU'AVANT.
JE NE VAIS QUAND MÊME ALLER CHEZ HASEKURA...
MAIS...
.....

Tu m'entends ? Allo ?
OUI, OUI...
ET DONC ? MASAHIRO VA BIEN ?
Euh… Oui, je pense qu'on peut dire ça.
Enfin pas trop.
IL S'EST DISPUTÉ AVEC SA MÈRE ET IL EST PARTI DE CHEZ LUI. IL A FUGUÉ !
ET IL NE VOULAIT PAS T'INQUIÉTER.
Quoi…
Vous êtes où ?
HEIN ? EUH... CHEZ HASEKURA.
Il est un brin déprimé. Du moins il ne me donne pas l'impression d'être en super forme, du coup je vais rester passer la nuit ici, moi aussi.
Ne t'inquiète pas trop de ton côté !
CLAC

MASAHIRO ? QU'EST-CE QU'IL T'ARRIVE ? IL PARAÎT QUE TU T'ES ABSENTÉ AUJOURD'HUI.
Kôsuke ? Tu n'es pas chez toi ?
NON, JE SUIS AU BAR DE NATSUO.
ET TOI ALORS ? T'ES OÙ ? TU TE SENS BIEN ?
.....
COMMENT VEUX-TU QUE JE SACHE CE QUE TU AS, SI TU NE ME LE DIS PAS.
SI TU ES AFFAIBLI AU POINT DE NE PAS POUVOIR DIRE QUOI QUE CE SOIT, JE PEUX...
Non, non. Ça va…
EH BIEN QUOI, ALORS ?
Allo ? Allo ? Grand frère ?
KENSUKE ?
TU ES AVEC LUI ?

QU'EST-CE QUE JE PEUX LUI DIRE...
IL VAUT MIEUX QUE JE LUI AVOUE TOUT D'UN COUP.
MAIS...
DRIIIING
GYAH !!
VRRR
VRRR
TSCHIC
PFF... IL NE RÉPOND PAS...
Allo... ?
!

SETAGAWA...
TU SAVAIS QUE L'INQUIÉTUDE UTILISAIT UNE BONNE PART DE NOS CAPACITÉS COGNITIVES ?
.....
.....
JE VAIS JUSTE LUI ENVOYER UN MESSAGE ALORS...
Oui !
JE SUIS CONTENT QUE TU SOIS VENU, KENSUKE.
HASEKURA N'A PAS PRONONCÉ UN SEUL MOT HIER SOIR...
Sérieux ?
PFF. J'AURAIS BIEN AIMÉ T'Y VOIR. IL ÉTAIT LÀ, CALÉ DANS LE COIN, SANS BOUGER. JE N'AI PAS PU FERMER L'ŒIL DE LA NUIT À CAUSE DE LUI.
J'aurais bien aimé le voir...
POUR QU'IL SOIT DÉPRIMÉ À CE POINT...
JE ME DEMANDE S'IL N'Y A PAS AUTRE CHOSE QUE CETTE HISTOIRE D'ARGENT...

*NDT : Légume amer d'Okinawa

chapitre
#19

TU PEUX PRENDRE CETTE SERVIETTE.
DONNE-MOI TA VESTE, JE M'EN OCCUPE.
AH... THANK YOU !
ガシ GRAT
ガシ GRAT
TU L'AS MAUVAISE ?
HEIN ?
JE PARLE DE TON HUMEUR. TU NE ME SEMBLES PAS DANS TON ASSIETTE.
CO... COMMENT TU LE SAIS ?
JE LE LIS SUR TON VISAGE. CE N'EST PAS COMME SI JE NE TE CONNAISSAIS PAS DEPUIS DES LUSTRES.
......
ÇA NE ME RESSEMBLE PAS D'AVOIR LAISSÉ FILER LE BON TIMING AUQUEL J'AURAIS PU L'APPELER...
IL EST UN PEU TARD MAIS...
JE DEVRAIS L'APPELER.

BLOUP
ハンドピック
MIAOU
CLANG
CLING
FIOU... IL S'EST MIS À FLOTTER D'UN COUP, C'EST LA POISSE !
C'EST TOI, KÔSUKE ? BONSOIR !
SALUT !

LA RELIGION DE HASEKURA

Elle consiste à vénérer Hasekura.

L'intéressé fait exprès d'ignorer superbement ses adoratrices (parce qu'il en a peur).

# Hitorijime My Hero

Memeco Arii

ET ÇA M'A SOULÉ. ON S'EST ENGUEULÉS ET JE SUIS SORTI...
JE SUIS DÉSOLÉ DE M'ÊTRE IMPOSÉ, HASEKURA.
.....
JE VOIS...
JE M'EN VEUX...
ET JE SUIS SI DÉSOLÉ...
Kôsuke...

IL S'EST POINTÉ COMME ÇA AU MILIEU DE LA NUIT.
JE VENAIS DE PRENDRE MON BAIN ET J'ÉTAIS PRÊT POUR MA NUIT.
J'AI DÛ ME RHABILLER ET DESCENDRE JUSQU'AU REZ-DE-CHAUSSÉE POUR LUI OUVRIR...
SETAGAWA... TU AS FUGUÉ ?
POURQUOI ?
C'EST...
C'EST JUSTE QUE MA MÈRE...
A CHERCHÉ À PRENDRE MON FRIC QUAND JE DORMAIS...
.....

ET DONC ? QU'EST-CE QU'IL FAIT CHEZ TOI ?
IL SEMBLE TELLEMENT FATIGUÉ.
JE LE SUIS.
AH BON ÇA VA, TU PEUX PARLER.
J'AI BIEN ENVIE DE SAVOIR LA RAISON MOI AUSSI.
QUAND ON S'EST QUITTÉS HIER, IL M'A ENVOYÉ UN MESSAGE.
ME DEMANDANT DE L'HÉBERGER.

TU POURRAIS AU MOINS ALLUMER.
SE...
SE...
SETAGAWA ?!
ÔSHIBA, C'EST TOI ?
POURQUOI TU LE RAMÈNES...
TU M'AS DIT DE GARDER LE SILENCE. JE L'AI GARDÉ.
LE RETOUR DES TROMPERIES ET DES CACHOTTERIES !!
MAIS NON !!

CLIC
QU'EST-CE QUE TU AS ?
TU N'AS PAS DÉCOCHÉ UN MOT DEPUIS TOUT À L'HEURE...
DÉSOLÉ...
TSCHIC
MAIS TU VAS COMPRENDRE.

VIENS CHEZ MOI APRÈS LES COURS.
EUH... SI TU VEUX.
HASEKURA...
TU ES BIEN PÂLE...

IL M'A IGNORÉ.
.....
POURQUOI C'EST À MOI DE FAIRE ÇA...
CLANG
ÇA ME SOULE !!
KENSUKE !
J'AI QUELQUE CHOSE À TE DIRE D'IMPORTANT.

Il n'est plus tout seul.
Il sait que je suis à ses côtés et que je suis là pour lui.
JE M'INQUIÈTE SÛREMENT UN PEU TROP.
JE VAIS L'AP-PELER ET ON VERRA.
SALUT TOI !
TU VAS VOIR MON FRÈRE ?
!
PAF
TSS
FIOU
OUPS...

MERCI EN TOUT CAS. JE VAIS ESSAYER DE L'APPELER.
ÇA MARCHE !
Tu n'as qu'à lui parler de Mah-jong, il adore ça ! Il devrait répondre ;)
NE REVIENS PAS !!
S'IL NE SE SENT PAS BIEN, PEUT-ÊTRE QUE JE L'AI TROP POUSSÉ DANS SES RETRAN-CHEMENTS...
MAIS BON, IL POURRAIT RÉPONDRE AU MOINS EN M'ENVOYANT UN MAIL...
CLAC
À MOINS...
QU'IL N'AIT ENCORE DES ENNUIS ?
NON. ÇA M'ÉTONNERAIT.
IL ME LE DIRAIT, C'EST SÛR.
Comme il me l'a dit l'autre fois avec Fukushige.

SETAGAWA ?
IL EST ABSENT AUJOURD'HUI.
C'EST VRAI ÇA, KENSUKE ? TU NE ME CACHES RIEN ?
VRAI DE VRAI.
D'APRÈS LE PROFESSEUR GOZUDA, IL N'IRAIT PAS TRÈS BIEN.
ET REVOILÀ LE VIOQUE. QU'EST-CE QU'IL FOUT LÀ ?
Chuchote
IL N'A PAS RÉPONDU À MES MAILS NON PLUS. PEUT-ÊTRE QU'IL DORT, C'EST TOUT.
TU ME FILES UN PEU DE LIQUIDE ?
MMH...
HAA...
Ça m'énerve...
À MOINS QUE J'Y SOIS ALLÉ TROP FORT HIER SOIR...
RENTRE CHEZ TOI !!
TAP
SURTOUT QU'ON L'A FAIT PLUSIEURS FOIS EN PLUS...
IL N'A PAS HONTE ? QU'IL LA FERME CE PROF !
DU CALME, FUKU-SHIGE !
YAH

FUFUH...
HÉHÉ
にこっ
ÇA CRAINT...
CLAC
ガッ
IL VA M'ENTENDRE ! JE VAIS LUI DIRE DE RÉPONDRE AU LIEU DE M'IGNORER COMME ÇA !!
ラッ
....?
2-3

IL M'A DIT QUELQUE CHOSE HIER.
AU MOMENT DE PARTIR...
Comme quoi on pouvait le faire quand je le voulais...
Ça serait notre jour spécial. Le jour où on a décidé de se débrider.
On pourrait d'ailleurs marquer ce jour d'une croix.
JE ME DEMANDE S'IL A LA MOINDRE IDÉE DE CE QUE JE PEUX RESSENTIR CHAQUE FOIS QU'IL DIT OU FAIT QUELQUE CHOSE DE SON PROPRE CHEF.
ANNONCE OFFICIELLE
LE SAIT-IL ? LE COMPREND-IL ?
En tout cas, c'était vraiment top.

JE SUIS ALLÉE COPIER LES DOCUMENTS QUE VOUS M'AVEZ DEMANDÉS.
AH ! MERCI BEAUCOUP, MADEMOISELLE KAEDE.
ÊTES-VOUS FATIGUÉ ? VOUS NE ME SEMBLEZ PAS DANS VOTRE ASSIETTE.
AHAHA. NON, TOUT VA BIEN.
C'EST VRAI QUE S'OCCUPER DE 3ÈME ANNÉE, CE N'EST PAS UNE SINÉCURE !!
MASAHIRO NE M'A TOUJOURS PAS RÉPONDU...
Il exagère...

HEIN ?!
BONJOUR, PROFESSEUR ÔSHIBA !

TSCHAH
FIOU
J'AI ENCORE FINI PAR CRAQUER...
J'AI L'IMPRESSION QUE ÇA SE PRODUIT DE PLUS EN PLUS.
PLOC
PLOC
JE NE SUIS PLUS LE MÊME CES DERNIERS TEMPS.

chapitre
#18

C'est...
C'est mon trésor...
Et....
NE TOUCHE PAS À ÇA !! BAS LES PATTES !!
Elle voudrait le vendre ?!

.....
NON...
Il ne faut pas !!

TU AURAIS QUAND MÊME PU ME RÉPONDRE AVANT DE T'ENDORMIR...
JE TE RETIENS, MASAHIRO.
.....
IL VA ME MANQUER UN PEU D'ARGENT.
MAIS NON, NON. J'AI QUELQUE CHOSE QUI PEUT T'INTÉRES-SER.
UNE BAGUE QUI DOIT VALOIR UN PEU CHER.
PEUT-ÊTRE PAS AUTANT QUE MON AR-DOISE, M'ENFIN ÇA AIDERA À L'EFFACER.
SA VALEUR ? JE N'EN SAIS RIEN.
J'IRAI CHEZ LE MONT-DE-PIÉTÉ ET JE VERRAI CE QU'IL M'EN PROPOSE.
CLING

PFF...
MIAOU
OUAH ! NON, JE T'AI DÉJÀ DIT DE NE PAS FAIRE ÇA !
ダーン
POC
......
JE N'ARRIVE PAS...
À ME CONCENTRER...
?
?

Q. : Tiens ? Je ne t'ai pas vu chez Tôru, toi ?
R. : Si. J'ai trouvé un job depuis.

# Hitorijime My Hero

Memeco Arii

TSCHIING
C'EST QUOI ÇA ?

C'ÉTAIT TELLEMENT BIEN...
ZUT, IL FAUDRAIT AU MOINS QUE JE ME CHANGE...
ZZZ
CLAC
TAP
TAP
TAP
TAP
MASAHIRO !
TU ES RENTRÉ ?
POUR... POURQUOI TU NE RÉPONDS PAS AU TÉLÉPHONE ?!
À CAUSE DE TOI, ILS ME TRAITENT PRESQUE COMME UNE VOLEUSE, TU TE RENDS COMPTE ?!
Megumi ?
J'ARRIVE, JE REVIENS !
BON, JE TE PRENDS UN PEU DE FRIC ! T'AS COMPRIS ?
MERCI BIEN !
HUM...
TAC
TAC

RAH...
JE SUIS EXTÉNUÉ...
POF
J'AI DES MESSAGES. ÇA VIENT D'ÔSHIBA...
ÔSHIBA Kensuke:
Tout va bien ?
ÔSHIBA Kôsuke:
Tu as bien mérité de te reposer.
ET PUIS DE KÔSUKE. JE N'AURAIS PAS PENSÉ QU'IL PUISSE M'ÉCRIRE SI SOUVENT.
HUM ?
MA MÈRE A TENTÉ DE M'APPELER PLUSIEURS FOIS AUSSI...
J'AI TELLEMENT SOMMEIL...
J'IMAGINE QUE C'EST PARCE QU'IL LUI MANQUE DE L'ARGENT...
FIOU
MINCE ! J'AI... J'AI LAISSÉ MA BAGUE DANS MON PORTE-FEUILLE.
QUAND J'Y REPENSE, ON N'A PAS ARRÊTÉ D'ÊTRE ENSEMBLE AVEC KÔSUKE...

DE MON FILS !
TU LUI EMPRUNTES DE L'ARGENT ? MAIS IL VA ÊTRE FURAX, NON ?
SÛREMENT UN PEU, MAIS...
C'EST UN GENTIL. IL COMPRENDRA.
IL DOIT ÊTRE ENCORE EN TRAIN DE TRAVAILLER.
LE PAUVRE GARÇON...
笑福
ラーメン
TU AS FAIT DU BON TRAVAIL ! TU AS BIEN MÉRITÉ D'ALLER TE REPOSER.
À BIENTÔT, CHEF !

Je suis tellement heureux et comblé...
Que je me dis que ça ne peut pas durer comme ça éternellement.
TIENS ?
C'EST BIZARRE...
MEGUMI, TU ES SÛRE QUE ÇA VA ALLER, POUR PAYER ?!
OUI. NE T'EN FAIS PAS !
DE MÉMOIRE, JE CROIS QUE C'EST AUJOURD'HUI LE JOUR DE LA PAYE...

TU PEUX ME LE DIRE QUAND TU VEUX. ET ON LE FERA QUAND TU VEUX.
OU PRESQUE.
BON JE FILE À MON BAITO !
ÇA MARCHE. BON COURAGE !!
OUAH !
OUAH !
IL N'AURAIT PAS PU ME LE DIRE QUAND ON ÉTAIT ENCORE SUR LE PLUMARD...

Ce jour-là, j'ai pris ma douche,
J'ai partagé un curry avec lui,
Et étudié un peu en suivant ses conseils.
Et puis...
JE TE RAC-COMPAGNE, JE TE DIS.
MAIS NON, TU... TU DOIS AVOIR DU TRAVAIL À FAIRE...
TSS
BON... ALORS FAIS ATTENTION À TOI.
ET TÂCHE DE PASSER PAR DES CHEMINS BIEN ÉCLAIRÉS, HEIN !
.....
MOI AUSSI, TU SAIS...
EUH...
HUM ?
FUH

TU PEUX T'Y METTRE ?
Je suis bien trop comblé.
Tant de bonheur...
Tant de plaisir...
Je peine à le réaliser.

JE VEUX QUE TU ME LE DISES TOUT DE SUITE, QUAND TU AS ENVIE DE MOI AUSSI.
ENVIE DE TOI... ?!
POF
......
KÔSUKE ?
TOUT À L'HEURE, QUAND ON RENTRAIT, TU ME L'AS DIT.
TU M'AS DEMANDÉ SI JE NE VOULAIS PAS LE FAIRE.
ET ÇA M'A PLU. BEAUCOUP MÊME...
AH...
VOILÀ QUE J'AI UNE FOLLE ENVIE DE DÉVORER DU CURRY, MAINTENANT.

J'AI DU MAL À RESPIRER...
D'ACCORD, J'ABAN-DONNE.
ARRÊTE DE TE SOUCIER DE L'ENDROIT ET DU MOMENT.
ET QUAND TU TE SENS ÉNERVÉ, IRRITÉ, STRESSÉ...
ET MÊME QUAND TU TE SENS MAL OU TRISTE,
RELAXE-TOI.

ON L'A REFAIT !
.....
OUI MAIS...
ON NE DEVRAIT PAS LE FAIRE EN PLEIN APRÈS-MIDI.
J'AI L'IMPRESSION QU'ON DEVIENT FOUS...
QU'EST-CE QU'IL NOUS ARRIVE ?
GICH
NE FAIS CETTE TÊTE APRÈS UN MOMENT PAREIL, QUOI !
GICH
GICH
UGH...
TU M'ÉTRANGLES !

HAN...
MMH
AH...
.....
.....
RAH...
PUSCH
GUH
ZISH
NE T'AFFALE PAS SUR MOI DÈS QUE TU AS TERMINÉ. TU PÈSES UN CERTAIN POIDS, JE T'ASSURE.
ÇA VA.
JE ME SUIS BIEN DÉPENSÉ, TU PEUX FAIRE CE PETIT EFFORT QUAND MÊME.

DIS-MOI. QU'EST-CE QUE TU VEUX QUE JE TE FASSE ?
Que le bonheur...
C'est quelque chose d'effrayant.
Message reçu
JE TE FERAI TOUT CE QUE TU DÉSIRES.

CHUH
!
AH... NON...
ARRÊTE...
ALLEZ...
KÔSUKE !
.....
POURQUOI...
POURQUOI QUOI ?
TU... TU...
TU ME LÈCHES JUSTE ICI ?!
.....
QU'EST-CE QUE TU VEUX...
QUE JE TE FASSE D'AUTRE, ALORS ?
Je sais désormais ...

MMH
CHUH
CHUH
CHUH
.....
TU EN-TENDS LE BRUIT QUE FONT NOS BAISERS ?
TU AVAIS HÂTE DE M'EMBRAS-SER, JE ME TROMPE ?
!
.....
....?
KÔSUKE ?
EUH...

BRAOUM
GYAH
GYAH
QUELLE PUISSANCE ! CE RUGISSEMENT DE FOU !!
DONC...
C'EST PARCE QUE TU VOULAIS LES LAISSER TOUS LES DEUX QUE TU M'AS INVITÉ AU ZOO, KENSUKE ?
OUI, C'EST ÇA.
DONC LA SEULE RAISON POUR LAQUELLE ON PEUT ÊTRE ENSEMBLE, C'EST PARCE QU'IL VOULAIT LES LAISSER SE BÉCOTER À LA MAISON...
ÇA ME CHAGRINE...
TU NE TROUVES PAS QU'IL SE LÂCHE D'AILLEURS ?
JE VEUX DIRE, CES TEMPS-CI, IL NE SEMBLE PLUS AVOIR TROP DE LIMITES.

……
QU'EST-CE QUE
TU RACONTES ?

!
BAH C'EST-À-DIRE QUE...
OUI ?
ON L'A FAIT CE MATIN, ALORS JE ME DISAIS QUE...
HEIN ?! À QUOI PENSAIS-TU, MASAHIRO ?
JE VOULAIS JUSTE TE FILER UN COUP DE MAIN DANS TES ÉTUDES, C'EST TOUT.
TU AS VRAIMENT L'ESPRIT MAL PLACÉ, MON VIEUX.
DE QUOI ?
MAIS... MAIS...
Un point pour moi !
MAIS ALORS, TU NE VEUX PAS LE FAIRE ?

IL ME MANIPULE. C'EST SÛR. JE LUI MANGE DANS LA MAIN.
POURQUOI EST-CE QUE JE LUI FAIS DES CHOSES QUE JE N'AI JAMAIS FAITES JUSQUE-LÀ ?
COMMENT ARRIVE-T-IL À ME DIRE ÇA EN RESTANT AUSSI CALME ET IMPERTURBABLE ?
QU'EST-CE QUE TU VEUX FAIRE UNE FOIS RENTRÉS ?
ENFIN BREF, MASAHIRO. IL RESTE UNE QUESTION PRINCIPALE.
OUI ?
EH BIEN... LE MÉNAGE, LE LINGE, ET PUIS LA CUISINE POUR CE MIDI...
AINSI QUE LES PRÉ-PARATIONS POUR LE REPAS DE CE SOIR.
ET ? TU OUBLIES QUELQUE CHOSE.
.....
.....

C'EST UN QUARTIER RÉSIDENTIEL TRANQUILLE...
....?
TU SAIS QUOI, QUAND ON SERA RENTRÉS...
GYAAH
OUAF
OUAH ! ARRÊTE D'HURLER !
POURQUOI EST-CE QUE TU ME DIS ÇA ? POURQUOI EST-CE QUE TU FAIS ÇA ? POURQUOI ? POURQUOI ? POURQUOI ?!
BAH, TU M'AS DIT QUE JE POUVAIS DIRE CE QUE JE VOULAIS À CONDITION QUE JE MURMURE.

ÇA FAIT UN PAQUET D'ANNÉES QUE JE LE CONNAIS.
OH, MAIS VOUS ÊTES MIGNONS TOUS LES DEUX.
DÉSOLÉ MAIS ON A DÉJÀ UN SACRÉ PENSIONNAIRE CHEZ NOUS.
À BIENTÔT !
PERORI
ET DONC ?
HOP
QUOI ?
POUR UNE FOIS QU'ON A UN PEU DE TEMPS TOUS LES DEUX JUSQU'À CE SOIR…
TU NE COMPTES PAS QUAND MÊME LE PASSER À ME PARLER DE MES AMIS ET À PLOMBER L'AMBIANCE, J'ESPÈRE ?
TOUS… TOUS LES DEUX…
NE PARLE PAS SI FORT !! SOIS PLUS DISCRET !!
DISCRET ?! TU PRÉFÈRERAIS QUE JE MURMURE ?!
OUI !!

PAS SÛR QUE L'ON PUISSE DIRE QUE JE LUI AI VRAIMENT PARLÉ...
JE L'AI JUSTE SALUÉ.
AVANT DE LUI DIRE QUE J'ÉTAIS AVEC TOI, C'EST TOUT.
C'est bon, Shigeo ?
ET IL A DISPARU AUSSI VITE QU'IL ÉTAIT VENU.
JE VOIS.
BOUH
BOUH
OUI, IL EST TOUJOURS COMME ÇA.
TU CROIS LUI PARLER, ET HOP, IL SE BARRE.
TON COUPLE D'AMIS A L'AIR DE BIEN S'ENTENDRE AUSSI.
VOUS ÉTIEZ DANS LA MÊME CLASSE ?
NON. JUSTE HÔJÔ. IL A FRÉQUENTÉ LA MÊME ÉCOLE QUE MOI.
C'EST MOI QUI LUI AI PRÉSENTÉ AYAKA...
MAIS... QUAND EST-CE QUE JE L'AI RENCONTRÉE AU FAIT ?
SÛREMENT À UNE SOIRÉE.
J'AI COMPLÈTEMENT OUBLIÉ, HAHA !

DÉSOLÉ DE T'AVOIR FAIT ATTENDRE, SHIGEO.
PEU IMPORTE OÙ ON L'EMMÈNE, IL NOUS ATTEND TOUJOURS TRÈS SAGEMENT. C'EST AGRÉABLE.
BON CHIEN, SHIGEO.
OUAF-
IL A PASSÉ UNE BONNE PARTIE DE SA VIE DANS UNE ANIMALERIE.
IL EST HABITUÉ À ATTENDRE.
À PROPOS.
DE QUOI AS-TU PARLÉ AVEC NATSUO TOUT À L'HEURE ?
HEIN ?
KEUH
KEUH

QU'EST-CE QUE TU VAS CUISINER AVEC AUTANT DE VIANDE ?
SÉRIEUX...
POUR UN QUOTIDIEN PLUS AGRÉABLE
ワイフ
BAH J'AI PRÉVU DE FAIRE UN CURRY AUJOURD'HUI MAIS AVEC VOUS, IL VALAIT MIEUX PRÉVOIR LARGE.
ÇA VA PARTIR VITE, JE PEUX TE L'ASSURER.
TU N'ES PAS LE DERNIER À AVOIR UN BON COUP DE FOURCHETTE, KÔSUKE.
MINCE. J'AI L'IMPRESSION QUE J'AI OUBLIÉ D'ACHETER QUELQUE CHOSE...
Ne cherche pas à changer de sujet !
.....
AU FAIT, KÔSUKE...
TOUT À L'HEURE ...
PAF
....?
On a oublié Shigeo !
OUAF.

Hasekura a bouffé tout le pain !
EUH...
C'est in-croyable !

chapitre
#17

JE PENSE QUE TU PEUX PARLER D'ADDICTION À CE NIVEAU-LÀ.
ELLES PEUVENT PENSER QUE ÇA LEUR FAIT DU MAL ET QU'ELLES DOIVENT ALLER AILLEURS, MAIS ELLES NE PEUVENT PAS S'ARRÊTER.
ET ELLES LE SAVENT. ELLES RESTENT QUELQUE PART LUCIDES ET OBJECTIVES SUR CE QU'ELLES FONT.
JE N'AI PAS ENVIE QUE MES CLIENTES BOIVENT DE CETTE MANIÈRE, EN VÉRITÉ.
AU POINT DE PAYER CES FORTUNES QU'ELLES DÉPENSENT.
TU M'ÉCOUTES, NATSUO ?
OUI ET CES HISTOIRES M'ATTRISTENT.

SLURP

# Hitorijime my heRo

Memeco Arii

N'OUBLIE PAS QUE TU M'AS À TES CÔTÉS, MAINTENANT.
ET JE PEUX TE DIRE QUE J'ASSURE PLUS QUE LE PÈRE NOËL !!
En étant avec lui...
Mais...
Pourquoi est-ce que tu es énervé ?
RÉPONDS ! J'ASSURE PLUS, NON ?!
Euh...
Oui...
J'ai l'impression qu'il pourrait déraciner toute une forêt, juste pour me faire plaisir.
J'étais sur le point de pleurer.
Mais je lui répétais que j'avais froid et je l'invitais à marcher.
Je ne tardais toutefois pas à craquer.
Euh... Ce n'est pas vraiment un « tout-à-100 yens » ici, si ?
IL Y EN A UN TOUT PRÈS, EN FAIT.
IL A DÛ RÉSERVER UNE CHAMBRE LONGTEMPS À L'AVANCE...
Ce gars beaucoup plus organisé qu'il ne le laisse paraître !!

J'ÉTAIS MOINS TRISTE DE NE PAS AVOIR EU DE CADEAU,
QUE D'APPRENDRE QUE LE PÈRE NOËL N'EXISTAIT PAS.
OUPS... !
J'AI UN PEU TROP PARLÉ, JE CROIS.
DÉSOLÉ...
UNE FORÊT DE CONIFÈRES !
DE CONI...
VOILÀ CE QU'IL TE FAUT ! ON IRA !
HOP
!!?
ET ON TE RAMÈNERA LE PLUS BEAU SAPIN QUE TU AURAIS PU IMAGINER !
SI TU VEUX AUTRE CHOSE, DIS-LE-MOI.
HEIN ?
DIS !

.....
QUAND J'ÉTAIS PETIT, OUI...
HÉHÉ.
LE PÈRE NOËL ÉTAIT MÊME VENU DANS MON ÉCOLE.
IL NOUS A DIT QU'ON AURAIT DES CADEAUX LE LENDEMAIN MATIN.
J'ÉTAIS TRÈS EXCITÉ PAR SA VENUE LA NUIT.
MÊME SI JE NE SAVAIS PAS VRAIMENT QUEL TRUC JE POUVAIS LUI DEMANDER...
JE LUI AI ÉCRIT UN MOT EN LUI DEMANDANT UN SAPIN.
MAIS JE N'AI RIEN EU. ET MON MOT EST RESTÉ COMME ÇA SUR MA CHAUSSETTE.
Cher petit papa Noël...
MA MÈRE AVAIT PRIS UNE CUITE. JE LUI AI DEMANDÉ POURQUOI LE PÈRE NOËL N'ÉTAIT PAS PASSÉ.
ELLE M'A SIMPLEMENT RÉPONDU QU'ELLE N'AVAIT PAS LES THUNES POUR M'ACHETER CE QUE JE DEMANDAIS.

TU CROYAIS AU PÈRE NOËL AUSSI ?
EUH...
OUI, MAIS J'AI RÉALISÉ TRÈS TÔT QU'IL N'EXISTAIT PAS.
EUH... TU FAIS LE CAUSTIQUE ? TU TE FOUS DE MOI LÀ, NON ?
AH MAIS OUI, TU AS EU UNE ENFANCE, TOI AUSSI. TU RESTES HUMAIN MALGRÉ TOUT...
Le père Ôshiba
Quoi...
J'OSE À PEINE IMAGINER CETTE SITUATION...
POUR TOUT TE DIRE, J'AI MÊME ESSAYÉ DE LE CHOPER UNE NUIT POUR ESSAYER D'OBTENIR D'AUTRES CADEAUX QUE CEUX QU'IL M'AVAIT DONNÉS. C'EST COMME ÇA QUE JE SUIS TOMBÉ SUR MON VIEUX...
Choqué car encore enfant.
ET TOI, ALORS ?
TU Y AS CRU ?

EUH... DE QUOI ?
LES SAPINS, NOËL, TOUT ÇA, QUOI.
VOUS ÉTIEZ EN TRAIN D'EN PARLER, NON ?
AH... EUH, OUI...
CHEZ MOI, ON NE METTAIT JAMAIS DE SAPIN.
DU COUP, C'EST UN PEU UN RÊVE DEPUIS QUE JE SUIS GOSSE...
HUM...
ET LE VÔTRE EST MAGNIFIQUE.
AH OUI ? IL N'EST PAS RÉCENT, TU SAIS.
JE CROIS MÊME QUE JE N'ÉTAIS QU'UN GAMIN QUAND ON L'A DRESSÉ POUR LA PREMIÈRE FOIS.
180cm
Je vais devenir plus grand que toi !
QUAND TU ÉTAIS GAMIN ?!

PAS LE CHOIX. JE VAIS ALLER EN ACHETER UN AUTRE.
TU VIENS AVEC MOI ?
AVEC PLAISIR !
J'IMAGINE QU'ON POURRA EN TROUVER UN À L'ÉPICERIE DU COIN.
PAS CELUI QUE JE VEUX. IL VA FALLOIR POUSSER JUSQU'AU « TOUT-À-100 YENS ».
CLAC
BAM
EUH... J'AURAIS PU LUI PRÊTER LE MIEN S'IL M'AVAIT LAISSÉ LE TEMPS...
IL AURAIT PU L'INVITER D'UNE MANIÈRE PLUS DIRECTE QUAND MÊME...
Il m'énerve celui-là !..
CUICUI
TU AIMES ÇA ?

ON POURRA TOUJOURS LE RESSORTIR L'ANNÉE PROCHAINE, NE T'EN FAIS PAS, VA !
Il était quand même déjà un brin moisi...
OUI, C'EST VRAI, MAIS JE NE SAIS PAS COMMENT DIRE, JE TROUVE ÇA... UN PEU TRISTE EN FAIT...
FESTIN DE ROI
ZZZZ
SI TU ES CHAUD, TU N'AS QU'À REMPLACER LES BOULES PAR DES CLÉMENTINES ET DU MOCHI. ÇA NOUS METTRA DANS L'AMBIANCE DU NOUVEL AN.
Un arbre à mochi ?
HAHAHA
VOILÀ UNE IDÉE QU'ELLE EST BONNE ! C'EST RARE, VENANT DE TA PART !
AH, C'EST TOI, KÔSUKE ?
HAHAHA
DÉSOLÉ MASAHIRO, MAIS TU N'AS PAS VU MON CHARGEUR DANS LE COIN ?
EUH, NON. JE NE CROIS PAS.
MINCE. J'AI DÛ L'OUBLIER AU BOULOT ALORS.

C'ÉTAIT SUPER COOL, CETTE SOIRÉE DE NOËL !!
FUKUSHIGE NOUS A BIEN SURPRIS AVEC SON TOUR DE MAGIE ET SES PETITS DRAPEAUX QU'IL A SORTIS DE SES NARINES.
FAUT AVOUER QU'IL SAIT SE CONDUIRE EN CLOWN PARFOIS, LUI.
AU FAIT, KENSUKE...
Tout à l'heure, tu...
TIENS ? SETAGAWA ? QU'EST-CE QUE TU FAIS ?
HEIN ? MOI ?
EUH...
JE ME DISAIS QUE C'ÉTAIT UN PEU DOMMAGE DE RANGER DÉJÀ LE SAPIN...
...
C'EST VRAI QUE TU L'AS RUDEMENT BIEN DÉCORÉ EN PLUS.

À PARTIR DE LA PAGE SUIVANTE, JE VAIS VOUS RACONTER UNE HISTOIRE SPÉCIALE NOËL !

J'EN PROFITE AUSSI POUR VOUS DIRE QUE C'EST MOI QUI AI DESSINÉ LA COUVERTURE DU MAGAZINE « GATEAU » CE MOIS-CI.

# Hitorijime My Hero

Memeco Arii

NATSUO ?
.....
LES CHIENS SONT SI PITOYABLES.
ILS NE PEUVENT RIEN FAIRE SINON REMUER LA QUEUE.

MASAHIRO !
PRODUITS LOCAUX
¥98
DIS-MOI, LES OIGNONS D'ICI SONT-ILS SI FASCINANTS POUR QU'ILS TE PRENNENT AUTANT DE TEMPS ?
AH… DÉSOLÉ !
C'EST JUSTE QUE…
HEIN ? IL A DISPARU !
Manger sain & Manger bien
PRODUITS LOCAUX
¥98
IL ÉTAIT ENCORE LÀ, IL Y A UN INSTANT. TU SAIS, LE MEC DU BAR AVEC SES CHEVEUX EN ARRIÈRE…

Maman, tu as vu ! Il y a un toutou !
Ah oui, il est mignon.
IL EN MET DU TEMPS À CHOISIR DES OIGNONS, MASAHIRO...
BON. POUR AUJOURD'HUI, PLUTÔT PORC OU PLUTÔT POULET ?
.....
TANT PIS. JE VAIS ALLER VOIR CE QU'IL FABRIQUE.
ポイポイポイ
CLANG
CLANG
CLANG
VIANDES
DIRE QUE QUAND ON EST ENSEMBLE, IL NE ME LÂCHE PAS PENDANT LA MOINDRE SECONDE.
IL EST IMPRÉVISIBLE...
À MOINS QUE JE NE RÉFLÉCHISSE TROP...
カラカラ
CLANG
CLANG
CE N'EST PAS GRAVE EN VÉRITÉ.

TIENS ?

Depuis que je peux laisser libre cours à mes sentiments le concernant,
J'ai l'impression...
Que je deviens de plus en plus fragile et émotif...
Je pleure facilement...
J'ai le cœur qui se serre plus vite...
Je suis pourtant un homme...
C'EST COMME SI...
JE NE POUVAIS PLUS REFRÉNER LES SENTIMENTS...
QUE JE RESSENS POUR LUI.
Il faudrait que j'en parle à quelqu'un.

Heureux...
RAAAH !!
POURQUOI JE ME PRENDS LA TÊTE COMME ÇA ?!
DUITS LOCAUX
VOILÀ QUE JE ME METS À CHIALER DANS UN SUPERMARCHÉ. JE SUIS DEVENU BEAUCOUP TROP INSTABLE ÉMOTIONNELLEMENT.
S'IL POUVAIT NE PAS ÊTRE SI GENTIL ET SI ATTENTIONNÉ À MON ÉGARD.
Maman, est-ce que les oignons font pleurer même quand on ne les a pas épluchés ?
Euh... Je l'ignorais mais on dirait bien que oui.
S'IL POUVAIT NE PAS ÊTRE SI GENTIL ET SI ATTENTIONNÉ À MON ÉGARD.
Il l'est beaucoup trop...

J'AI OUBLIÉ LES OIGNONS.
JE FILE EN CHERCHER.
¥298
ÇA MARCHE.
JE GARDE LE CADDIE ET JE VAIS AU RAYON BOUCHERIE.
Je me demande si je le mérite.
PRODUITS LOCAUX
¥98
青果
Si je ne risque pas de me faire punir.
D'être ...
Si...

ALLONS AU SUPERMARCHÉ. ÇA NOUS FERA PRENDRE L'AIR.
Je n'ai rien fait de spécial...
Mais il me gâte tout le temps.
Il avait l'habitude de marcher devant moi si vite que je ne pouvais le rattraper.
Pour un quotidien plus agréable
ワイフ
Voilà mainte-nant...
Qu'il marche à mes côtés.
AH...
DÉSOLÉ, KÔSUKE.
EUH, POURQUOI ?

Il essaie (en vain) de faire un clin d'œil.

J'ai acheté du saumon, de la rogue de colin, du salami et des biscuits apéro.
Ahaha. T'es sérieux ?! Tu as réussi à te rappeler toutes nos préférences. Tu es des nôtres, mec !
AH !
ÔSHIBA, TU AS QUOI DE PRÉVU AUJOURD'HUI ?
EUH... QU'EST-CE QUE JE VAIS FAIRE...
HASEKURA NE DEVRAIT PAS TARDER DE ME CONTACTER. J'IMAGINE QU'ON VA FAIRE UN TRUC ENSEMBLE.
ET TOI, MAMAN ?
J'AI MON COURS D'ARRANGEMENT FLORAL. ET APRÈS, J'IRAI AU KARAOKÉ.
OUAH

TIENS ? SEULS LES ŒUFS SONT CUITS... ÉTRANGE...
C'EST À CAUSE DE ÇA QUE TU ES DÉPRIMÉ ?
À VOULOIR S'OCCUPER DE TOUT, ON NE PEUT PAS TOUT RÉUSSIR...
PAS FAUX.
SI JE DÉPRIMAIS AUSSI À CAUSE D'UN TRUC AUSSI FUTILE, J'AURAIS TOUT LE TEMPS LA GUEULE DE TRAVERS, MOI !
MOI AUSSI.
Pareil.
MAIS... MAIS...
TU N'ES PAS OBLIGÉ DE TOUT PRENDRE SUR TOI, TU SAIS ? TU PEUX DÉLÉGUER. ON EST LÀ...
MA MÈRE NE L'AIDE QUE QUAND ELLE VEUT ET VOILÀ QU'ELLE LE SERMONNE...
RAH...
EN TOUT CAS, CES ŒUFS... C'EST UNE RÉUSSITE ! ILS SONT PARFAITEMENT CUITS ! LEUR BLANC CRAQUE SOUS LA DENT, C'EST DÉLICIEUX !
AH... C'EST PARCE QUE VOTRE FILS M'A DIT QUE VOUS APPRÉCIEZ TOUS LES MANGER DE CETTE MANIÈRE, DU COUP...
HEIN ? JE TE L'AVAIS DIT ?

COMME S'IL ÉTAIT POSSIBLE DE RESTER DANS SON LIT QUAND L'ODEUR SI DÉLICIEUSE DE CE BACON VIENT VOUS TITILLER LES NARINES.
DU CALME. DU CALME !
MIAM
SETAGAWA EST UN VRAI CHEF POUR LES OMELETTES. JE VAIS FAIRE GRILLER DU PAIN !
JE PEUX M'EN OCCUPER...
ÇA IRA, ÇA IRA !
JE ME CHARGE DU CAFÉ DE MON CÔTÉ !
DANS CE CAS, JE VAIS SORTIR LES ASSIETTES ET SERVIR LA SALADE.
MAIS...
OUI.
TSCHING
GARE ! LE PAIN EST BIEN CHAUD !!
......
BON APPÉTIT À TOUS !
UN ANGE PASSE...
QU'EST-CE QU'IL Y A, SETAGAWA ?

D'ACCORD, MAIS...
SNIFF
SNIFF
ARRÊTE UN PEU. ET ALLONS PLUTÔT GRAILLER !
APRÈS AVOIR AUTANT BOUGÉ CETTE NUIT, J'AI L'ESTOMAC DANS LES TALONS !
HÂTE DE CROQUER DANS UNE BONNE OMELETTE MAINTENANT.
RAH...
PSCH
BONJOUR À TOUS !
SALUT, KENSUKE.
TU TE LÈVES TÔT AUJOURD'HUI !

MA MÈRE NOUS APPELLE POUR LE PETIT-DÉJ. ÇA TE DIT ?
NOUS ?!
EUH... TA MÈRE EST AU COURANT, ALORS ?!
NON, NON. ELLE N'EST PAS ENTRÉE. ELLE NE NOUS A PAS VUS.
TANT... TANT MIEUX.
DIRE QUE TA MÈRE ÉTAIT JUSTE EN HAUT QUAND NOUS... NOUS...
MAIS NON POURQUO JE DIS ÇA MOI ?!
TOI AUSSI, TU TROUVES ÇA FOU ? CE À QUOI PEUT CONDUIRE LE DÉSIR D'UN HOMME.
ARRÊTE UN PEU DE FAIRE COMME SI TU N'ÉTAIS PAS CONCERNÉ ! JE SUIS LE SEUL À ME SENTIR COUPABLE ? J'AI L'AIR BIEN CON... !!
ÇA VA ALLER.
JE COMPTE BIEN LE LUI DIRE UN JOUR EN PLUS.

ぱ
GRAT
ち
がばっ
HEIN ?! C'EST DÉJÀ LE MATIN ?!
OUAH
AH, TU TE RÉVEILLES ENFIN.
EUH... BONJOUR, KÔSUKE...
BONJOUR.

chapitre
#16

......
EH, OH ?
KÔSUKE ?
TU ES RÉVEILLÉ ?
ÇA DIT QUOI POUR LE PETIT-DÉJEUNER ?
ZZZ
GRAT
OH...
GRAT
OH !
J'ARRIVE !

Rah...
Non mais dans quel état elle dort encore...
Elle s'est sûrement effondrée de sommeil après avoir vomi.
Mouais, enfin ta mère a peut-être l'ivresse facile, mais elle n'en reste pas moins une magnifique personne.
Quant à ton père...
Chut. Pas devant lui, Keiko.
Tu es un homme.
Protège ta mère du mieux que tu peux.
D'accord mais...
Qui me protègera, moi ?!